嵯峨日記

勝《しょう》南《な》井《み》 隆《たかし》

文芸社

嵯峨日記◆目　次

第一章

毎日爲《し》慣《な》れていることですのに、どうして今日に限って、さらりと髪が結えないのでございましょうか。

幾度も櫛で髪を梳《す》いて遣り直すのですけれど、最後の結い上げのところで、いつもたやすくできる髪型が、意地悪く崩れてしまうのでございます。

ひとさまのなかには、お髪《ぐし》を長くしていらっしゃるなんて、いまどきのお若いお嬢さまにしてはお珍らしいこと、でも毎日さぞかしご面倒なことでございましょう。一層のことみなさまのように短くなさったらと、おっしゃってくださる方もございますが、馴れてしまいますと、ひとさまが申されるほどには、面倒とは思ったこともございません。

けれども今日のように髪を結いあぐねますと、やはり長い髪を纒めるのは厄介なことに違いありません。

殊に、こころの乱れが、いつも爲慣れております髪を結うことにさえ、このように響いてまいりますことを思うにつけ、女と申す者はなんとこころの脆《もろ》い、哀れな者でございましょう。

今朝がた、あの方から突然電話がございまして、午後三時ごろお訪《たず》ねくださる

第一章

ことを知りました時、わたくしは余りの驚きに、心臓の鼓動が止《とま》ってしまうのではないかと、思われるほどこころの落着きを失ってしまいました。

あの方のお聲を誰より最先《まっさき》に、このわたくしが直接、お聞きしたかったのに、たまたまわたくしは外出しておりまして、お電話に出られなかったことは、かえすがえすも残念に思われてなりません。しかし、もしわたくしが電話に出ておりましたなら、胸が一杯になり、かえって満足な言葉の一つも、出てこなかったのかも知れません。

外国へおいでになることは、豫めご本人に判《わか》っていらした筈ですのに、わたくしにはなにもおっしゃらずに、ご出発の前日になって、フランスへ出掛けてきますと、まるで九州か四国にでもお出掛けのようなお口振りで、お旅立ちになられました。まるで鳥が飛び立つような慌《あわただ》しさで、お見送りもままなりませんでした。

あちらにお着きになって、簡単なお手紙がございましたきりで、後は梨の礫《つぶて》と申すのでございましょうか、なんのお便りもございませんでした。

二年のご滞在の予定とありましたので、わたくしは、二年経ったらご帰国になるものと、こころ待ちしておりました。

桜の花が綻《ほころ》び始めますと、早く花が散って青葉の季節が来てくれればよいと願い、日暮の梢《こずえ》でつくつく法師の鳴く夏の終りには、虫のすだく秋が待遠しく、寒い京の冬がきますと、比良八荒《ひらはっこう》のころになって、梅の花が咲く春を待ち侘《わ》びておりました。このような四季の移り変りを二度だけ待てば、あの方にお目もじかなうものと信じ、その日の一日も早く参りますのをどれほど、待ち焦《こが》れたことでございましょう。それなのに、二年経ちましても、とうとうお帰りにはなりませんでした。それも最初のうちは、なにかのご都合でお帰りが、少し遅れていらっしゃるに違いない、きっとそのお知らせがあるものと、思っておりましたのに、そのまま更に二年の歳月が流れてしまいました。

　今朝がた、あの方からのお電話があったことを知らされました時、余りに突然なことでございましたので、夢ではないかしらと思いました。でも夢ではなく、本当にお帰りになられたのかしらと、とても信じられない気持でございました。

　その実感が湧《わ》いてまいりますにつれ、嬉しさとも悲しさともわからないような複雑な気持で胸が一杯になり、訳もなく涙が出てきて仕方がありませんでした。四年の歳月、言葉で申しますのは大層たやすいことでございますが、ひたすらお帰りを待つ身にとりまして、この歳月がどんなにか辛く、長く佗しい日日であったことでございましょう。

お帰りになるのでございましたら、せめてお帰りになることぐらい前もって、一《ひと》言《こと》お知らせくだされればよいものを何故《なぜ》日本にお帰りになられてから、急にお知らせになるのでございましょう。

殿方《とのがた》と申しますものは、待つ者のこともお考えにならず、このようななされ方をされるものでございましょうか。それともあの方だけが、世の殿方と異《こと》なり冷淡な方なのでございましょうか。

待つ身にとりましては、お帰りをお待ちする、こころの準備もございますものを。

わたくしがその方に、初めてお目もじ致しましたのは、市岡の叔父の家でございましたが、思いますとこの世の奇しきご縁と申しますか、運命《さざめ》と申すよりほかございません。

ちょうど父の四十九日の法要が、明けて間もない初秋のころでございました。

父を亡くした私を慰さめてくださるお心遣いからか、叔父は一度訪ねてくるようにと、電話をくださいました。

わたくしの家とは、目と鼻ぐらい近い太秦《うずまさ》に叔父は住んでいましたけれど、平生から余り往來《ゆきき》はございませず、父とは時折お電話で、時候の挨拶をなさいます程度でございました。

父と叔父とは、別に仲違《なかたが》いをしていらっしゃった訳ではございませんが、絵更《えさら》紗《さ》や染色のお仕事をしていらっしゃる、言わば藝術家の叔父と大学教授の父とは、気質も肌合いも異《こと》なっており、寧《むし》ろ叔父の方が父を敬遠なさっているようでございました。このようなお交際《つきあい》でございましたので、自然わたくしも叔父の家とは馴染《なじみ》が薄く、お宅にお伺《うかが》いする機会は、殆んどございませんでした。

父が亡くなりましてからは、よくお電話をくださるようになりましたが、わたくしはもともと出不精の方でございまして、月に二回尼門跡さまのところへお香のお稽古に参る以外は、殆ど外出することもございませんでした。

叔父より父の死以来、しばしば顔を出すようにと、お誘いを受けましたが、のびのびにしておりました。そんな或日、若い有志のひと達だけで、マリオネット芝居の稽古をしているので、是非見に来るようにとお誘いを受けました。

わたくしは、ひとさまの大勢いらっしゃるところに出掛けるのは、余り好きではございませんので、叔父のお誘いにはなんとなく気が進みませんでした。それに正直に申しまして、マリオネットがどのようなものかも存じませんので、憶怯な気持が先にたち、ためらっておりました。けれども母が、余りいつもいつもお断りばかりしているのは悪いから、一度出掛けてみてはと申されますので、勇気を出してお訪ねすることに致しました。

土曜日の午後に、そのお集りがあるとのことでございましたので、四条大宮行の電車に乗りました。太秦《うずまさ》で降りて広隆寺の前を通り、踏切を越えてまいりますと、ちょっと高台になっているところにある叔父の家は、直ぐにわかりました。

父が京都に移り住まれました翌年、わたくしは東京の学校を卆業して、京都の両親のもとに帰ってまいりました時、一度だけ母とご一緒に叔父の家に、挨拶にうかがったことがございました。なにしろこの附近では珍らしい洋館建でしたので、別にまごつくこともなく、叔父の家を探すことができました。

石段を登り少し奥まった玄関まで行き、恐る恐る呼鈴を押しますと、直ぐ扉が開き学生服の男の方が顔を出されました。奥にいた大勢の男や女の学生さんが、一斉にわたくしの方に視線を向けました。

叔父は逸早くわたくしを認めると、

「やあ、来たね。待っていたよ。早くお上り」

ベレー帽の叔父は大声で申されました。

叔母は早速玄関までこられ、スリッパを揃えてくださいました。

「皆で待ってたのよ。さあ、早くいらっしゃいな」

叔父のところに参りますと
「紹介しよう。こちらは姪の香葉子。みんなよろしく」

と言われたので、わたくしは頭をさげて丁寧にご挨拶しますと、すぐに叔父は
「着物の似合うお嬢さんでね」

とわざわざそんなことを言われました。

こんな紹介をされまして、わたくしは戸惑ってしまい、なんとなく恥かしく顔の赤らむのを覚えました。

アトリエは叔父のお好みで建てられたらしく、天井を高くしてあって梁《はり》がむき

第一章

だしのままの山小屋風で、お仕事をされる一隅に、下絵だけの絵更紗用の布地が、伸子張《しんしばり》のまま吊ってありました。そばの棚には絵具を混ぜて摺る陶器製の乳鉢、絵具皿、画筆、デッサン用の画帖などが、雑然と置いてございました。

そのちょうど向側に、小さな舞台が出来ていて、黒い布で縁取してございました。

「さあ、それじゃお客さんも来たことだし、ぼつぼつ練習を始めるか」

叔父は皆さんにこうおっしゃってから

「香葉子は、初めてらしいからここの椅子に腰掛けて、見物していればよい」

と叔父と叔母との間に挟まれた眞中の椅子に腰掛けました。

マリオネットの人形を操る人達は、一段と高くなっている舞台に、階段から上って行って、それぞれの部署につきました。

「準備はいいね。行くよ。はいスタート」

レコードの音楽が鳴り始めました。

幕があがりますと、森の場面でございました。なんの予備知識のないまま科白《せりふ》を聞いておりますと、どうもシェイクスピアの「眞夏の夜の夢」のようでございました。

　紐に操られた人形が、科白に合わせて動くのでございますが、一方の男役のお人形は、なにも知らないわたくしにさえ、可笑《おかし》いくらい揺れてばかりいて足元が定まらず、まるでお酒に酔っているようでございました。もっとも、紐で操ってお人形を動かすのでございますから、巧く操るのは技術的にむつかしかろうと思いました。

「誰だい。デミトーリアスをやっているのは、二日酔みたいじゃないか」

　早速叔父は野次るようにおっしゃいましたので、一斉に笑い声が起りました。

　舞台裏で「僕です」とおっしゃった方が、いらっしゃいました。

「僕じゃわからんな」

　かわりの女の方の声で忍び笑うように、菊岡東さんです、と答が返ってきました。

「やっぱり菊さんか」

　叔父は可笑《おか》しそうに笑われながら
「菊さんや、しっかり頼むよ。——将来の美学教授だろう。もうちょっと美学的にやってもらわんとな」

と申されました。

「はい、はい。注意してやります」

叔父と菊岡東という方との遣りとりに、また一頻り笑声が起りました。

叔父は随分ぞんざいな口のきき方をなさるものだと、わたくしは吃驚いたしました。

わたくしの父は、どなたに対しても叔父のような口のきき方をなされたことはなく、そのようなことでも父と叔父とは、対蹠的だったのだろうと思いました。けれども叔父のぞんざいなお言葉が、不思議に嫌味には聞えませず、かえって若い方々には愛嬌がございまして、和やかな雰囲気を作っているようでございました。

科白が悪かったり、科白とお人形の動きが合わなかったりしますと、叔父は遠慮会釈なく、同じことを繰返させ、納得するまで何遍でも遣り直しをお命じになり、そばにおりますわたくしの方が、はらはらする程でございました。

ハーミヤが出てまいりましたり、悪戯《いたずら》者のパックが登場したり、舞台裏でお人形を操っていらっしゃる方は、本当に大変なことだと思いました。一区切りつきましたところで、お茶になりました。皆さまもほっとされたようでございました。

わたくしは叔母のお茶のお手伝いをしながら、先程叔父がお冷やかしになられた、菊岡東さまという方は、どのおひとかしらと思いました。叔父が言われました通り、デミトーリァスはお酒に酔ったように、揺れてばかりいました。

お煎餅やお菓子が出ますと、一層和やかにお話が弾みました。叔父は愛用のパイフを燻らせていらっしゃいましたが、呟くように
「わがニノニノ劇団は一向に上達せんな」

と申されました。

「そら無理や、まだ二箇月しか経《た》ってへんし、余り上達せんとこが、ニノニノ劇団に相応《ふさわ》しいのと違いますか」

京都大学の文学部の学生さんが、そう申されますと、桂女専の女の方が
「うち、聞こう聞こうと思うてましたんやんけど、ニノニノってどう意味ですの」

と質ねられました。

すると、別の医学部の学生さんがにやにやされながら、質問された女の方に
「イタリアではな、豚を呼ぶ時、ニノニノと呼ぶんやて。豚男豚女の劇団やから

これでええやろうと……」

と説明されますと、女の方々は一斉《せい》に
「ひどいわ、ひどいわ」

と口々に申されました。

「僕が聞いた由来ちゅうのはな」

と別の学生の方が、勿体ぶったように説明なさいました。

「一向になにやらせたかてあかん。ああ、それなのに、それなのに。こういう流行歌がおますやろ。それなのにそれなのにの最後の『のにのに』を逆さまにしてニノニノと、言うことになりましたんやて――」

皆様は一頻り大笑いされました。

「そらちょっと眉唾や。まあ、ええわ」

同志社大学の女の方の質問で
「誰がそんな名前をつけはったんや」

それに応ずるように、すぐ答えが返ってきました。

「知らへんのか。菊岡東さんや」

皆さまの視線が、濃紺の背広に臙脂系統のネクタイをお召しになっている方に注がれました。口数の少ない控え目な方と思っていましたひとが、菊岡東という方だったのでした。

その方が、この劇団に茶化したような名前をつけられた方とは、とてもわたくしには思えませんでした。

「どちらが本当ですの」

ニノニノの意味を質問された同じ女の方が、菊岡東という方のお顔を覗きこむようにされて、質問なさいました。

面《おも》ながで眼元の涼しげなそのひとは、ちょっと当惑されたような表情をなさいましたが、

「ニノニノというのは可愛いい子という意味ですが、いままでおっしゃられた諸説もそれぞれ面白い見方ですね」

とお答えになりました
「かなわんな。まるで国会答弁みたいなことを言わはって」

また一頻り笑いが起りました。

「命名の由来ちゅうもんは、元来そういったもんだ。ことの次第は詮索せんと、なんとなく漠然としているのが、床しいということだ」

叔父が締めくくるように申されますと、早速工学部の学生らしい方が

「これまた、孔子さんみたいなことを言わはるな」

ここでまた、大笑いになってしまいました。

「じゃ、もう少し練習してから終ることにしよう」

それから同じ森の場面の練習に入りました。

今度は菊岡東さんも、人形扱いにおなれになりましたためか、ふらふらのデミトーリアスも、今度はまともに動きました。

練習が終ってから、皆さまは帰り支度を始められました。わたくしは叔母と湯呑茶碗の後片付を手伝っておりますと、菊岡東さまが叔父のところにおいでになり、次の土曜日は法事のため、お稽古を休ませてほしいとおっしゃいました。

「法事じゃしょうがないな。うーん困ったな」

叔父は暫く考え込んでいらっしゃいましたが、

「うん、そうだ。香葉子にやってもらおう」

とわたくしにも聞えるような、大きな声でおっしゃって
「ちょっと、香葉子」

とわたくしをおよびになりました。

「ね、香葉子。菊さんの代役をやってくれんか」

「困りますわ、叔父さま。わたくしなんかとても」

「いや、たいしたことはないさ。酔ぱらいのデミトーリァスなら香葉子にだって充分できるさ」

叔父はちょっと意地悪そうに、菊岡東さまに目くばせをされて、にこりと笑われました。

「え、、あなたにでも出来ますよ」

菊岡東さまは、まるで叔父と示し合わせるようにおっしゃられ、わたくしをご覧になり、微笑《ほほえ》まれました。

「――でも、デミトーリァスは男役でございましょう」

わたくしはどちらともなく、ためらうように申しました。

「操るのは男でも女でも構わないさ。見物席からは、見えないのだから」

第一章

「……でも」

「じゃ、そう決めたよ」

叔父はわたくしの気持などお考えにならずに、強引にお決めになりました。

わたくしは困ったことになったと思いました。菊岡東さまは
「この次一回だけ、お願い致します」

とお頼みになりましたので、わたくしも断りきれなくなってしまいました。

「香葉ちゃん。後片付けはもういいのよ。遅くなると、お母さまがご心配なさるから、早くお帰りになって」

と叔母が申されたのを叔父がひきとり
「あとのことはいいから、早くお帰り」

とおっしゃってから、

「そうだ。菊さんに途中まで送ってもらいなさい。どうせ同じ方向だから」

と菊岡東さまのご都合もおききにならないで、勝手にお決めになりました。

「ひとりで大丈夫でございますわ」

「いや、大事な箱入り娘だから」

とおっしゃってから

「菊さんや、香葉子を途中まで、送ってやってくれないか」

と菊岡東さまのお都合もお考えにならずに、決めてしまわれました。

「はい、かしこまりました」

菊岡東さまは、わたくしにともなく叔父にともなく、含羞《はにか》まれるようにおっしゃいました。

わたくしは皆さまにご挨拶をしてから、菊岡東さまと二人で、叔父の家を出ました。

太秦《うずまさ》から嵐山行の電車に乗りましたが、余りお話もしないうちに、終点の嵐山駅を降りました時、陽は暮れかかり保津川沿いの家家には、もう明りがともっておりました。

「お宅はこのご近所ですか」

「はい。天龍寺に近いところでございますので、ここで結構でございます」

「いいえ、お宅近くまでお送りします」

わたくしの家は、駅から女の足でも十分もかからないところにございますので、お話をする間もなく、家の近くまで来てしまいました。

「角《かど》に枳殻《からたち》の垣のあるところが、家でございます。わざわざお見送り恐れいります」

お礼を申し上げ

「菊岡東さまのお住いも、この近くでいらっしゃいますの」

「まあ近いと言えば近くです。渡月橋を渡った川向うから電車に乗り、長岡天神というところで降りたところです」

「あの長岡京のあったところでしょうか」

「はい、よくご存知ですね。友人の家の離れを借りています。——では、ご迷惑でしょうが、この次僕の代役をよろしくお願いします」

第二章

「いかがでしたか、叔父さまのところは」

お夕食後の果物をいただいております時に、母がお尋ねになりました。

「男の方々とご一緒しましたことは、わたくしには初めてのことでございましょう。恥かしゅうございました。」

「香葉子さんが、殿方とご一緒するのは初めてですものね。それにあの叔父さまは、同じご兄弟のなかでも、変っていらっしゃるし。あなたもびっくりなさったでしょう」

「いきなり姪の香葉子だ。着物の似合うお嬢さんでねと皆様に、ご紹介なさるんですもの」

母は微笑されながら
「東京の長臣《おさおみ》伯父さまも、お父さまのような方でいらっしゃいますものね」

とおっしゃいました。

確かに太秦《うずまさ》の長良《おさよし》叔父は、開けぴろげな方で、父のご兄弟のなかでは、やはり変っていらっしゃるのに違いないと思いました。

今日太秦におうかがいいたしましたことは、わたくしの知らない世界を垣間みた、初めての経験でございました。大勢の男や女の方々とお眼にかかったことも、こうしたお集りの仲間に入れていただきましたことも。

初等科から中等、高等科へと女の方々ばかりのなかにいました関係で、お逢いする男の方々と申しますと精々先生方で、父が京都の大学にお移りになられましてから、わたくしは学校の都合で、ご厄介になりました長臣《おさおみ》伯父のお宅でも、二人のいとこも女ばかりでしたから。

わたくしは、その日叔父のお宅でのお集りの様子を母に申しあげ、マリオネットとはどのようなものなのかを説明しました後で、菊岡東さまとおっしゃる方が操られたお人形が、科白《せりふ》と合わずお酒に酔ったように、揺れてばかりいたこと、叔父が随分ひどいことをおっしゃったこと、夕方お集りが終ってから叔父のお指図で、菊岡東さまが家の近くまで、送ってきてくださったことなどをお話しました。

母はわたくしのお話を興味深く、お聞きになっていらっしゃいましたが、

「先ほどあなたは菊岡東さまとおっしゃいましたわね」

とお尋ねになりました。

「はい、珍らしいお名前の方なので覚えておりましたけれど……。なにか」

母は暫く黙っていらっしゃって、なにかお考えのようでしたが
「もしかしたらその方は、奈良の菊岡東さまのご関係の方じゃないかしら」

と呟くようにおっしゃられました。

「お母さまはご存知でいらっしゃるのですか」

「え、、菊岡東さまというお名前ならば」

「なんでも、次の土曜日にご法事があるとか、おっしゃっていましたわ」

わたくしは自分のことのように、勢いこんでいる自分に気がつきまして、思わず口を噤《つぐ》んでしまいました。なぜだか顔の赤らむのを覚えました。

「そう言えば、菊岡東さまのお年召し《としめ》（お婆さま）がお亡くなりになられましたのは、昨年のちょうど今ごろでしたわね。」

「わたくしが今日お眼に掛った方は、亡くなられた方のお孫さんなのでしょうね」

「多分そういうことになります。あたながお逢いした方がお孫さんなら、ご両親は、いま神戸にお住いと思います」

母がどうして、そのようなことをご存知でいらっしゃるのか、不思議に思いました。

わたくしは、母がそのあと何かおっしゃられるものと思っていましたが、それっきり黙っておしまいになりましたので、少しもの足りなく思いましたが、それ以上お尋ねするのも悪いと思いました。

時計が八時を打ちましたので、母にお断りして部屋にひきとることにいたしました。

「これからお習字のお稽古なの。ご精のでますこと」

「はい、日課でございますもの。今日は叔父さまのところに出掛けて、お勤めを怠っておりましたので」

「いま、どんなお習字の稽古をなさっているの」

「新古今和歌集のお歌を書いております。細字ですので、とても上手には書けません。——とても、むつかしゅうございます」

明りの下に、わたくしは二月堂机をもってきて、お習字の準備に取りかかりました。

水入れの水を硯の海に滴《したた》らせ、ゆっくりと墨を磨り始めました。

墨のえも言われぬ香が匂ってまいりますと、気分まで変って、落着いてまいります。

中華民国では、湖筆、徽墨、端硯、宣紙を文房四宝とか申しまして、珍重するそうでございますし、日本でも名筆家とか書家とか言われていらっしゃる方は、筆や墨や硯にまで細かく吟味して、お選びになるとうかがっております。

わたくしの書くものは、とても書などとは申せませんが、亡くなりました父は常々筆や硯だけは、立前と致しまして最上の、また最良のものを使用するようにと申しておりました。書に親んでおられました父は、私が初めて筆を握るようになりましたころ、とくにご自分の愛用していらっしゃった、端溪の硯をわたくしにお下げくださいました。肌面に馬尾紋という、特別の紋様のある珍らしい硯で、墨を磨ります時の滑るような滑らかさは、やはり名硯の名に相応わしいものでございます。

墨を磨り終り、細筆の穂先を調えまして、左衛門督通光という方の

龍田山夜半にあらしの松吹けば
　雲にはうときみねのつきかげ

というお歌を書き写す練習を始めました。

けれども、幾度書きましても、満足のできる字が書けないのでございます。書き始めますと、昼間のマリオネットのお人形が眼の前にちらつき、お酒に酔ったように揺れるデミトーリアスの姿が、浮んでくるのでございます。

——誰だい。デミトーリアスをやっているのは。二日酔みたいじゃないか。

——僕です

——僕じゃわからんな

女の方の声で、菊岡東さんですとお声がしますと

——やっぱり菊さんか

と叔父さまの声と皆さまの忍び笑いの声。

——菊さんや、しっかり頼むよ。美学教授の卵だろ。もうちょっと美学的にいかんのかな。

——はいはい。注意してやります

叔父さまと菊岡東さまとの会話の遣りとりが、わたくしの耳に木霊《こだま》のように、響いてまいりまして、それに気を取られますと、文字まで乱れてしまうのでございました。

それにしましても、なぜお母さまは菊岡東さまのお家のこと、ご両親が神戸にお住いでいらっしゃることをご存知なのかしら。

今日初めて菊岡東さまというお方とお眼にかかり、その方のことを偶然申しあげましたのに、その方のお家のことをどうして母はご存知なのかしら。

あれこれ想像しておりますと、お習字に一向身が入りませず、ぼんやりしているうちに、十時が鳴りました。

わたくしは後片付けを致しましてから母の部屋に、ご挨拶にあがり洗面を済ませましてから、薄く寝化粧をして床に入りました。

明りを消しますと、月の光がこぼれるように、部屋に射し込んでまいりました。夜の静寂《しじま》の中で、木の葉の擦《す》れる微かな音が、私語《ささや》いているように、聴えてまいりました。

わたくしは眠ろうとしましたが、昼間の叔父宅のことが眼にちらついて、なかなか眠れませんでした。

第三章

「あら、まだでしたの」

三面鏡の前でぼんやりしているわたくしのところへ、母が覗きにいらっしゃいました。

「どうもいつもと違って、巧く結えないんですの」

「お髪《ぐし》あげは早いあなたなのに。――でも、早くなさらないと」

「はい、お母さま」

母はわたくしのこころの乱れを知っていらっしゃるのに違いない。けれどもそのことをなにも、おっしゃらないのをわたくしは嬉しく思いました。

早く結わなくてはと思いながらも、わたくしは乱れ髪のまま、鏡に映っている上気した顔をぼんやりと、眺めておりました。

今日お眼にかかったら、最初なにから申しあげたらよいのかしら。四年の歳月が流れました今となりましては、この時の流れを埋めるのに相応しいお話の糸口《いとぐち》は、一体なんでございましょう。

お別れしましてから、あの方のご存知ない色々なことが、わたくしに起りました。

わたくしの胸にある数々《かずかず》の恨みごとが、ともすれば、とめどもなくわたくしの口から跳び出してきそうで、あとは言葉にもならず涙だけが、出てきそうな気がいたしました。

このような感情に駆られる女と申す者は、やはり浅はかな者と申すのでございましょうか。

ゆっくり、こうもしておれませんので、わたくしは再び櫛で髪を梳《す》き、こころを落着けて丹念に結いにかかりました。

巧く結えなくても、形ができればよいと思いますと、かえって気持が楽になりました。

二十分ほどかけまして曲りなりにも、髪の格好だけは調えまして、急いで更衣室で着換えにかかりました。

單衣では京の春は、まだ少しばかり寒さを覚えますので、薄紫の倫子《りんず》に、地紋の橘《たちばな》を染めだした着物にし、帯は金茶の利久小梅にすることにいたしました。

あの方にお眼にかかりますのに、最初洋室と思いましたけれど、母はむしろ離れのお茶室になさったらと、申されましたのでそこで、お迎えすることにいたしました。

床の間の壁には、どういうお坊さまかよくは存じませぬが、なんでも妙心寺派の正宣とかおっしゃるお坊さまの墨跡で、無事是吉祥と書かれたお軸を掛け、そのお床に竹籠を置き、庭に咲いておりましたみやこ忘れを活けておきました。

炉にお炭を活けてから黒方《くろぼう》を灰に埋めお釜を載せました。いい薫りが、お茶室に漂い始めました。

わたくしは、この薫物《たきもの》から不圖、菊岡東さまに思いも掛けないおところで、お眼にかかりましたことを思い出していました。

叔父さまの家で、ご法事のため菊岡東さまの代りに、わたくしがマリオネットのデミトーリァスを操りまして、ちょうど十五日目の水曜日の午後のことでございました。


その日の朝、家を出掛ける時には、晴間を見せていました空模様が、お香のお稽古を始める頃から怪しくなり、いつしか崩れ、雨になりました。

急に駆け足のように、遠くから音をたてて降ってきた雨が、お庭で激しい音をたて始めました。

香炉を手にされた尼門跡さまは、ふと眼を庭の方に注がれ
「とうとう雨になりましたな」

とわたくしにお話しかけられるともなく、独り言のようにおっしゃられました。

わたくしは頷くように軽く頭をさげました。

「——でも、この分だと直きに、やみまっしゃろ」

とおっしゃいますと、紫のころも手を挙げられ、お香をお聞きになられました。

そのお手を静かに降ろされ
「これ、羅国どすな」

とおっしゃいました。お聞きになられたお香の名をおっしゃられるとは、流石《さすが》だと思いました。

「お若い香葉子さんは、やはり羅国《らこく》の方がお好《すき》のようどすな」

「はい。まだ未熟でございますし、いろいろのお香は聞いてはおりませんが、……。

——でもにがいお味の寸聞多羅《すもんたら》なども、好きでございます」

「あれもよろしいな」

相槌を打たれるようにわたくしをご覧になり、およろこびになられました。

お若いころから仏門におはいりになられた、名門の姫君と伺っておりましたので、大宮人《おおみやびと》としてのご教養として、親しまれてきたのでございましょう。

「お点前《てまえ》もよく出来ました。殊に杉形《すぎなり》、聞筋《ききすじ》ともに見事どしたな」

「おほめのお言葉痛み入ります」

杉形を綺麗に仕上げますことは、筋が多くなりますと灰が脆いものだけに、慎重な仕上げが必要でございます。銀葉《ぎんよう》を載せますとほっといたしますのが、いつわらない気持でございます。

雨は一向に止みそうにも見えず、かえってひどくなってまいりました。

わたくしは泉水に降る雨が、水面で弾けて波紋を描いているのを眺めながら、お暇乞いの時間を気にしておりました。

こんな非道い雨になろうとは予想もしておりませんでしたので、いつもと同じ着物姿で出掛けて参りました、わたくしの判断が、甘かったのでございました。

こんな降りになるのでしたら家を出る時、雨傘に雨コート、それに爪掛《つまか》けの足《あし》駄《だ》など雨具の用意をしてくれればよかったのにと、後悔いたしたことでございます。

雨傘はお願いすれば、お借りできましょうが、雨コートもない草履のままでは、ハイヤー自動車を頼んでいたゞくよりほかに、仕方がないと思いました。

わたくしはお香の道具の後片付けをしましてから門跡さまに、お礼とお暇乞いのご挨拶を申しあげました。

すると、門跡さまは
「このような雨のこと、世間では遣らずの雨とか言いますのやろか。――お急ぎならんかて、よろしおすやろ」

遣らずの雨、こんな世俗的な言葉を耳にしましたのは、相手のお方が深窓育ちで、仏門にはいりになられたお方だけに、意外に思われました。

「――でもお暇《いとま》をしなければならない、時間でございますので」

門跡さまは、わたくしの申しあげましたことに、一向にお構いなく、晝の食事を用意させましたからとおっしゃられました。

わたくしは
「母も待っておりますことですし」

と申しあげました。

いかに何でも、お稽古のあとお誘いを受け、お食事をいたゞきますのは、不躾すぎると思いました。

「ああ、そのことでしたら、おうちにお電話をさせておきましたので、ご心配ならんかてよろしいんどす」

小半時《こはんどき》たちましたころ、お次の如是尼《にょぜに》とおっしゃる年輩の尼僧が頭をさげ

「ご前さま、用意ができましたので、出ましやっていただきます」

と挨拶がありました。お導きを受けましたお部屋にはお膳に揃べられたおまわり（お菜のこと）とおすもじ（すしのこと）が、揃べられてありました。

席につきますと、再び如是尼は

「お昼のおばん（食事のこと）、あがらしゃって、いただきます」

と申されると門跡さまは

「有難う」

と申され、わたくしにおすすめになりました。お膳には萩、桔梗、薄を描いた蒔絵のお椀と同じく、秋草を描きました漆塗りの平皿には、ばらのすもじ（ばら

ずし）が盛ってございました。お椀はお寺らしく昆布だしのおつゆに湯葉が入れてございました。そのおつゆのおいしいことは驚くほどでございました。やはり仏門では、お魚《まな》や肉類を口にしないと言う御精進料理となりますと、おつゆのだしも昆布が、中心となるのでございましょう。

陶器の小鉢は、大豆と骰の目に切った人参と昆布とを一緒に炊いた五もく煮でございました。もう一つの深皿には、油揚と小芋のうま煮、それに壬生《みぶ》菜のおくもじ（菜類の漬物のこと）が添えてございました。

お野菜などの炊き合わせの醸し出す滋味豊かなお料理は、わたくし達の家庭では、なかなか味わえないお料理だと思いました。

東京におりました時、ご法事のあとでいただきました、さる有名な料亭でのお精進よりも、この門跡さまのお寺でのお食事の方が、味つけは薄めですが、遥かに味わい深いものがございました。

お食後に山形から届いたという桜桃をいただいておりますす頃には、嘘のように雨はあがり、薄日さえ射し始めました。

「化体《けったい》なお天気やこと。ご覧なはれ　霽《は》れましたえ」

門跡さまは、嬉しそうにこうおっしゃいました。

築地塀《ついじべい》沿いにある藤棚には房状の藤に水が溜《たま》り、それに太陽が射して、まるで薄い紫水晶の玉のように映え輝いて見えました。

「美しゅうございますね、藤のしずくが」

と申しあげますと、

「雨も止んだことやし、ふたりだけでお歌会でもしまひょうか」

と突然に、門跡さまはおっしゃられました。

お歌会というお言葉に、わたくしは周章《あわ》ててしまいました。

わたくしは、ひとさまのお歌を拝見したり、昔の有名な歌人がお詠《よ》みになられたお歌を、習字の練習として数多く拝見しておりますが、自分から歌を詠《よ》むという経験はございませんし、とてもそんな才能もございません。

正直なところ、困ったことになったと当惑した気持でございました。

「お恥しいことでございますが、歌の心得がございませんので」

わたくしは顔が赤らむのを覚えながら、口籠るように申しあげました。

「お感じにならはったことをお歌にしはるだけで、よろしいのどす」

「――それが、なかなかむつかしゅうございます」

「まあ、詠んでみなはれ」

門跡さまは、わたくしのためらいのお気持も、お察しなされないかのように、早速違い棚から硯筥《すずりばこ》を持っておいでになりました。

赤い漆塗りの筥《はこ》に鳳凰模様の螺鈿《らでん》をはめ込んだ豪華なもので、その光沢は妖しいまでに輝いておりました。

お歌についてなんの心得もございませんわたくしが、お歌を詠むなどとは本当に烏滸《おこ》がましいことではございますが、ともかく今となりましては絶対絶命の気持で、門跡さまのおっしゃられるとおり、感じたままを文字にしてみようと思いました。

硯筥《すずりばこ》をお抜きになって、門跡さまは水入れから水を硯にお入れになろうとなさいましたが、水が入っていませんでした。すると門跡さまは、

「お硯の水を頂戴しにまいります」

とおっしゃると、縁側にお出になり庭下駄を履かれて藤棚の下で、花の雫を硯にお受けになりました。

墨を磨り終えられますと、筆を濕らせ穂先を調え、短冊に筆を走らせて一首お詠みになられました。

降り止みし気紛れ雨の合間縫い
　すずりに受けん花のなみだを

水茎の跡も美しいお家流の文字でございました。お習字をかなり長い間、はげんでまいりましたわたくしではございますが、とてもこのように筆跡も美しい細字は、書けそうにもございません。やはり長年の修練によるものでございましょう。

とても門跡さまのように、さらさらと筆を走らせることできませんが、漸く歌らしいものを短冊にしたためました。

春雨は悲しみ多したまゆらの
　花のなみだをぬぐう間もなく

門跡さまは短冊をゆっくりお讀みになり、
「え、お歌どす。お若《わか》うおすのに、なかなか詠《よま》はりますな」
とおっしゃってくださいました。

「お恥しゅうございます」

「ご謙遜どす」

門跡さまはこうおっしゃってから、直ぐに短冊をお手にされ、筆をお運びになられました。そのお歌は

春いくど假のやどりと思えども
憂きこと多きわが庵《いお》のあめ

とございました。

このように見目麗しいお方に、一体どのような愁いがあるのでございましょうか。

わたくしはこのお歌を拜見いたしまして、次のように詠みました。

うつし世を假のやどりと言い給う
うれいを花のなにたとえん

お渡ししました私の歌をご覧になられて、一瞬戸惑われたような影が、表情にあらわれたようにわたくしには思われました。それも束の間のことで、直ぐに眼を庭に移され暫くの間、無言のままでいらっしゃいました。

わたくしは慎しみも弁えず、門跡さまのおこころをお乱ししたのではないかと、後悔いたしましたが、なにごともなかったように短冊を手に持たれました時には、もとの穏やかな表情になられたので、ほっといたしました。

筆をお染めになり、次のようにお詠みになられました。

うれいとて譬えてみれば秋風に
吹かれつ揺れる吾亦紅《われもこう》のはな

あの地味な花とも見えませぬ吾亦紅が、この方には一向そぐわないように思えました。

門跡さまのご心境は、ひとの世の運命《さざめ》には逆わず、風の吹くまま揺れてはいても、吾亦紅のように強靭な茎《くき》に支えられて、決してひ弱くはありませんよと、おっしゃりたいのでございましょうか。自《みずか》らを地味な吾亦紅に例えられていらっしゃることは、大層謙遜深く床かしいお方だと思いました。

お昼のお食事までいたゞき、長居をさせていただきましたので、そろそろお暇《いとま》をしなければならないと、思っておりましたところへ、如是尼が入室され、「お許し遊ばせ」との口上《こうじょう》があり、次いで

「ご前さま、只今隆文《たかぶみ》さんが、ごぁっしやりました」

との取次ぎがあり、それにお答えになり
「お通ししておくれやす」

と申されました。

わたくしは、男子禁制とは参りませんが一般人の訪問をお受けしない尼寺に、訪問者がございますことなど、想像もしておりませんでしたので、このお知らせにはちょっと驚きました。なにしろ、今のご時世でございますので、昔のように世俗の方々を遠ざける訳にも参りませず、お茶会とかお花の会のために、お部屋をお貸しになるようになったと伺《うかが》っておりますが、もっぱら女の方々のお集りに限っていると、おききしておりましたので、訪問者の方は門跡さまのご親戚の方だと思いました。

ご訪問の方がおみえになる機会に、お暇《いとま》させていたゞくことにしました。

「お硯筥などお片付けしても、よろしゅうございましょうか」

「どうぞ、よろしゅう」

わたくしは短冊を集め、硯箱と一緒に床の間の違い棚に置きにまいりましたと

ころへ、廊下に足音がして
「ごぁっしやりました」

の声と同時に、男の方は
「有難とう」

と礼をのべられました。

「近こうまで、おはいりやす」

部屋に入って来られたお方を見て、わたくしは思わず自分の息《いき》がとまるほど、吃驚いたしました。菊岡東さまでした。

菊岡東さまも、わたくしがこの場所におりましたことが、全く思い掛けなかったように、お驚きになられたようでしたが、なにもおっしゃらずに、軽く会釈をなさいました。

わたくしも黙って頭をさげましたが、急に胸の動悸が高まって、息苦しくなり顔の赤らむのを感じました。

わたくしの容姿からお察しになられたのか、門跡さまは、

「お二《ふた》方はお識りあいどしたんか」

とどちらにともなくお尋ねになられました。

「はい。そちさまの叔父さまのお宅で」

菊岡東さまは、このようにお答えになりました。

「そうやったら、紹介は要りまへんな。こちは甥の隆文どす」

門跡さまは、わたくしにこのようにおっしゃって、菊岡東さまとのご関係をお知らせくださいました。わたくしは、このとき菊岡東さまが、隆文という名前であることを識りました。

わたくしがお香の稽古にあがっているこの門跡さまが、菊岡東さまとご親戚であろうとは、想像もしておりませんでしたので、本当に世の中は広いようで、実は随分狭いものであると思いました。

菊岡東さまは、今日は濃紺の背広にベイジュ地に、薄い臙脂色の小花模様のネクタイ姿で正座され、門跡さまにご法事で奈良まで、お越しなされたお礼を述べられました。

「それは、ご丁寧に。この機会に奈良へ帰りやしたらよろしいのに」

菊岡東さまは、お困りなられたような表情をなさいました。

「このおひとは、変わりもんどしてな。自由になりたいとお言いやして、おでいさま（父のこと）のすすめもきかんと、神戸にも住わず、ずっと京都に住まはって——。大学へは毎日行かはるのでなかったら、奈良と京都のどちらに住はっても、同じと思いますのやけど」

菊岡東さまは、一切おさからいにもならず、黙ったままでいらっしゃいました。額から切れ長のお眼にかけて、お髪《ぐし》が五・六本ほつれてたれさがっているのが、わたくしには印象的でございました。

第四章

三時においでになるということでございましたので、ころあいを見計らいまして、お水屋にはいり、そこでお待ちしておりました。

女学部のころ、お友達が貸してくださいました、なにかのご本のなかに木の葉のざわめきにも、風の音にも、もしやあの方ではないかしらと、胸をときめかせながらお待ちする、女の方の物語を読んだことがございます。

このような事が、本当にあるのかしらと、当時のわたくしは思いましたが、今になってみますと、お慕いする方をお待ちすることが、どんなに遣る瀬ないものであるかが、わたくしにはよく判りました。けれども、なぜ神様は女と申す者だけに、このように遣る瀬ない気持をお味わせになることが、多いのでございましょうか。

母屋から急ぎ足の音がして、千代さんが、只今お客さまがお見えになりましたと、知らせにまいりました。

わたくしは一瞬、体が強ばるのを感じ、急に胸の動悸が激しくなるのを覚えました。

わたくしはお茶室から跳び出して、直ぐにでもお玄関に出掛けて行って、一刻でも早くお眼にかかりたいような衝動に駆られましたが、そのようなはしたない振舞もできませず、じっと堪えておりました。

落着かなくてはいけないと、自分に言い聞かせましたが、落着こうとすればするほど、かえって動悸が激しくなって、体じゅうが熱くなりました。

(四年もお眼にかからない間に、あの方はどのようにお変りになられたかしら、それともなにごともないように、涼しげな表情をなさっていらっしゃるのかしら。それともあちらでの生活で、すっかりお変わりになったのかしら。

——それにしても、一体なにをしていらっしゃるのかしら。お母さまへのご挨拶など、そこそこになさって早くわたくしのところに、いらっしゃってくだされば よろしいのに)

まだかしら、まだかしらと、浅ましいことではございましたが、躰を耳にしてあの方の足音が聴えてくるのを待っておりました。

千代さんが知らせにまいりましてから、僅か五、六分ぐらいの時間しか、経っていなかったのでしょうけれど、わたくしには、随分長く感じられてなりませんでした。

やがて、母屋の方から敷石伝いに、草履のかすかな音が聴えてまいりました。その足音がわたくしの胸に響いてきて、息苦しいほどでございました。急に足音が止りますと、水のこぼれる音がしました。つくばいで手を濯《すす》いで、いらっしゃるのだとわかって、ほっと一息つきました。あのまま眞直ぐ、にじり口から茶室におはいりになりましたとしたら、わたくしは心臓が可笑しくなって、失神してしまったかもしれません。

わたくしはあの方がつくばいで、手をお濯《すすぎ》になられてる間に、こころを鎮めるため大きく息を吸い込み、静かに息を吐きました。そのお蔭で息苦しさが、少し落着きました。

その点つくばいとにじり口が、離れているお茶室の造りというのは、主人と客人との間に、お互いにひと呼吸与えるという素晴らしい工夫が、なされているのでございましょうか。

にじり口の障子を開く音が聴え、お部屋におはいりになり閉る音を聴きましてから、お水屋口の襖を開けました。

頭をさげたままお顔も拝見せず、

「お帰りなさいませ」

とご挨拶の言葉を申しあげました。

「漸く帰ってまいりました」

（なぜ漸くなどとおっしゃるのでございましょう。これではまだあちらに、未練がおありのような申され方だわ。ひとの気もお考えにならず。本当にひどい方）

待ち焦れておりました、その方のお声をお聴きしましたとき、恨みっぽく思いましたが、嬉しいとも悲しいともつかぬ感情が、こみあげてきて涙が頬を伝ってきました。

わたくしは急いで、袖で涙をぬぐいますとお顔を拝見しました。その方はちょっと怪訝な表情をされましたが、すぐにっこり微笑《ほほえ》まれました。恐らくいま地震が起ったとしても、涼しげな表情で、平然としていらっしゃるに違いないと思いました。

（女の気持などおわかりにならない、本当にひどい方。その方がわたくしをお抱き寄せになられましたら、その方のお胸に顔を埋めて、思いきり泣きじゃくってしまうことでしょう）

その方がわたくしを抱き締めてくださること、期待しておりましたけれど、そのような素振りもお見せにはなりませんでした。

(わたくしに対するお気持は、この程度のものなのかしら。あの高雄での忘れ難い思い出がある筈ですのに)

感情をあらわに出さないことを、その方は幼い日から訓練され、常に平静を保つことに馴らされていらっしゃるのに違いありません。こういうのは、お行儀がよいというのでしょうか。男の方はある場合、情熱に駆られて猪突猛進してくださる方が、女としてはやはり嬉しいのにと思いました。

四年前お別れしました時に比べ、少しお痩《や》せになられたように思えました。お逢いしましたら思いきり、恨みごとを申しあげねばと思っておりましたのに、こうしてなんの屈託もないようなお顔を拝見しておりますうちに、そのような気持も嘘のように消えてしまいました。

わたくしのこころに澱んでおりましたわだかまりも、その方の和やかな微笑《ほほえみ》の前では、すべて溶けてしまうように思われました。本当に不思議なお方だと思いました。

わたくしは、いそいそとした気持になり、お菓子鉢をお水屋から運び、お茶道具を炉辺に持ってきてお点前の準備をしました。

袱紗《ふくさ》を帯から外《はず》しかけようといたしまして、その方がお懐紙のお持合せのないのに気付きまして、懐のを取ってそっと前にお出しました。その方は、軽く会釈なさいまして、お菓子鉢から京観世《きょうかんぜ》をお取りになり、

「懐しいお菓子ですね」

と呟くようにおっしゃいまして、暫く思いに耽っていらっしゃるようでございました。

わたくしにとりましては、懐しいと申しますより、むしろ複雑な思い出に、繋がることでございました。

その思い出と申しますのは、鴨志田さまのお宅でのお茶会に、関係のあることでございます。

左京区の神楽岡にお住いの鴨志田さまから庭の菊が咲いたので、お茶会を兼ねてお食事を差上げたいとのご招待を受けました。

鴨志田さまと父とは、父の存命中から親しくさせていたゞいておりました。お茶人でいらっしゃいました鴨志田さまは、わたくしが同じ表《おもて》であることをお知りになり、お宅で茶会をなさいます時は、わたくしに半東《はんとう》を勤めてほしいとお呼びがあったものでございました。

父と鴨志田さまが、特に親しくなりましたのは、なんでも父の執刀で手術を受けられ、危《あやふ》い命が助かったことがご縁となり、それ以来の由でございました。

鴨志田さまは、神戸のある同族系の銀行の頭取をなさっていた由ですが、手術でお命をとりとめなされた機会に、第一線からお退きになられ、神楽岡に隠棲され、お茶人の生活を楽しんでいらっしゃると、いうことでございました。

わたくしが東京を引揚げて、両親と再び住むようになりましてからは、わたくしも両親と共に神楽岡のお宅にお招《まね》きを受け、鴨志田さまも嵯峨のお家《うち》に参られたものでした。

わたくしがお茶の眞似ごとをしていましたことをお知りになり、わが家においでになりますと、わたくしの拙いお点前を所望されたのでございます。

銀閣寺道を京都大学の方へ少し戻りました道を左に折れ、黒谷の方へ歩きましてから、右側の坂を登ってまいりました高台に、鴨志田さまのお住《すま》いがございました。

なにかお手伝いでもと思いましたので、当日少し早目にお宅にうかがいましたが、玄関には既に先客のお履物がございました。

廊下から奥の広間に参りますと、二十六、七歳の男の方とわたくしとほぼ、同年齢ぐらいのお嬢さまと、その方達のご両親さまらしい方々が、庭の菊をご覧になって、お話をしておいでになりました。

鴨志田さまにご挨拶を申しあげましたら
「気の張らない親戚の者です」

と申され
「こちらが、わしの命の恩人で医学博士の市岡教授のお嬢さん、香葉子さん。今日の茶会で半東さんを勤めていたゞくことになっています」

と皆様に紹介され、わたくしは黙って頭をさげました。

「今日は神楽岡での俗人会という趣向で、お食事にお招きし、後でお茶を差し上げようと思っています」

鴨志田さまが、こうおっしゃられたのをモーブ色のワンピースをお召しのお嬢さまは、

「俗人会とおっしゃるけど、メンバーこれだけ。別にまだ俗人がいらっしゃるの」

と申されました。

「おっつけ、もうひとりの申し分のない俗人があらわれるだろう」

鴨志田さまのおっしゃられる、申し分のない俗人という言葉は、むしろ反語のように思われました。

早速そのお嬢さまは
「おじさま、俗人として申し分のない俗人って、どういうことですの」

と質問されますと、鴨志田さまは、

「説明しにくいな。やがて来る青年をみればわかるよ。志津《しづ》のようなじゃじゃ馬にはちょっと勿体ない相手だな」

「あら、今日はわたしのお見合いというわけ。いやだわ、そんなの。まるで辻斬りの闇討ちみたいじゃない。卑怯だわ」

「これ、志津さん。すこしお口を慎《つつし》みなさいませ」

そのひとのお母様は、窘《たし》なめられました。

「あはは、辻斬りの闇討ちか。なかなかうまいことを言うな」

鴨志田さまは、面白そうにお笑いになりました。

わたくしも志津さま同様、この方のお兄さまとのお見合という辻斬りに、逢っているのかもしれないと、不図そんな気持がいたしました。

このことが、わたくしの思い過しであってほしいと願いました。こころの準備もないままに、お見合をさせられますのは、わたくしの本意でもございませんし、それこそこれも闇討ちに違いございませんので。

「遅くなりまして」

そんなお声が、玄関の方から聴えてまいりますと、わたくしは胸がどきどきしてきました。あのお声はきっと菊岡東さまに間違いないと思いました。

「申分のない俗人のご到来だな」

鴨志田さまは独り言のように申されました。

部屋に入ってこられた方は、想像していました通り菊岡東さまでした。

菊岡東さまも、わたくしがこの場所にいたことに、吃驚されたようでした。

「こちらは京都大学で美学を専攻され、現在は大学院生で美学教室に属していらっしゃいます。こちらはわしの命の恩人で、残念ながらお亡くなりになられたが、大学医学部の市岡教授のお嬢さんの香葉子さん。東京の聖心女学院出の才媛で、しかもご覧のとおりの大変淑やかな日本女性です」

鴨志田さまは、わたくしをこのように菊岡東さまに紹介されました。

鴨志田さまのご紹介を受け、菊岡東さんもわたくしも少し戸惑いましたが、初めてお目に掛りましたようにお互いに、ご挨拶いたしました。

菊岡東さまが、鴨志田さまとお知合いとは、わたくしは想像もしないことでございました。尼門跡さまのお寺の時といい、鴨志田さまのお宅での出会いといい、わたくしは人の世の不思議な縁《えにし》のようなものを感じ、恐ろしいような気持がいたしました。わたくしが参る先先《さきざき》に、お顔をお見せになるのは、一体どういうことでございましょうか。

「市岡教授はね。外科の手術にかけては第一人者だったが、医者の不養生という訳でもないんだろうが、惜しいことにお亡くなりになられてね。手術で助けてもらったわたしが、生きているのが申訳ないみたいだ」

鴨志田さまは菊岡東さまに父のことをこう続けて説明されました。わたくしは父のことを聞きまして、急に悲しくなり涙が瞼に浮びました。

わたくしが涙ぐみましたのに、鴨志田さまは逸早くお気付になられ、すぐに話題をお替えになり、ご夫人に
「婆さんや、もう支度は出来ているんだろうね」

と照れるように申されました。

「嫌ですわ、婆さんなんてお呼びになって、わたしはまだ若いつもりでございますのよ」

「いや、済まん、済まん」

お二方の遣りとりに、皆様がお笑いになりますと、志津さまは
「叔父さま、婆さんとはひどいわ」

と鴨志田さまを窘《たしな》めました。

「用意は奥の間に出来ておりますので、皆さまどうぞ、お入りください」

折敷には吸物椀とお向う、ご飯、お汁が準備されておりました。

南禅寺のつるやという料亭からのお料理だそうで、正式の懐石料理でございま

した。

お酒が出ますと、空気は一層和やかになりました。

今日は菊見の茶会という触れ込みでございましたが、志津さまがいみじくも「辻斬り」とか「闇討ち」とおっしゃっていらした、お見合いの席のようでしたので、わたくしのこころは穏やかではありませんでした。

菊岡東さまは、お見合であると感づいていらっしゃるのかしらと、わたくしは気になっておりました。しかし、わたくしは鴨志田さまの半東として、今日はお招きを受けているのですから、自分の立場を守って、飽くまで平静でなくてはならないと、自分に言い聞かせておりました。しかし、志津さまのお兄さまが、お食事中ちらちらとわたくしをご覧になるので、わたくしはかえってその方が気になりました。わたくしも「闇討ち」にあっているのかしらと、不図思ってみました。

ところが肝心の菊岡東さまは、わたくしの方は全然ご覧にならず、平然としていらっしゃるのが、憎らしく恨めしく思いました。

志津さまはお見合いを意識されていらっしゃるのか、ちらちらと菊岡東さまを観察して、いらっしゃるようでございました。

けれども菊岡東さまは、鴨志田さまからお見合いのことを聞かされていらっしゃらないのか、なんの蟠《わだかま》りもなく坦々としていらっしゃいました。わたくしはそのような菊岡東さまのお態度に、ほっとしたものを感じておりました。

煮物椀、焼物、炊合せ小吸物から八寸が出て、次いで強肴《しいざかな》が出て参ります頃になりましてから、志津さまはかなり積極的に、菊岡東さまに口をおききになり始めました。もしかしたらご自分の主人になるかもしれない、お相手をよりお知りになりたいようでございました。

「美学をご専攻と伺いましたけれど、一体どのような研究をなさいますの」

菊岡東さまはちらと志津さまをご覧になりましたが、すぐお庭の方に眼を移されますと

「いろいろのことを致します」

とお答えになられました。

「例えば、仏像とか絵画とか……」

「はい、一般的に美の対象となるものに対しては……。特に仏像とか絵画だけに

は限りませんが――」

「一体、美とはなんですの」

菊岡東さまは、ちょっと困ったような表情をされましたが、

「実は、その美とはなにかと言う問題を研究しておりますが、大変むつかしくて……」

と微笑されながら、お答えになりました。

鴨志田さまは、菊岡東さまのお答えに同調されるように

「それが簡單にわからないから、その研究をしているんだよ。そう簡單にわかるぐらいなら苦労はないというもんだ」

と申されました。この鴨志田さまの言葉に、稍々気色ばんだご様子でした。

「そんなことを勉強なさっても、余り実用的じゃございませんわね」

「これ、そんな失礼なこと申しあげて」

志津さまのお母さまの方が、あわてられて志津さまを窘《たしな》められました。

「はい。その通りなんです。余り実用的とは言えません」

菊岡東さまは笑いながらおっしゃいました

「家でも、わたしがこんなことをやっておりますので、困っているようです」

このお言葉に皆様はお笑いなさいましたが、志津さまだけは不機嫌な顔をしていらっしゃいました。

「議論はそのくらいにして、客人にお茶を差しあげたいので、茶室にお越し願うとするか」

鴨志田さまがお促しになりましたのを
「苦いお茶などお断りだわ。閑人の時間潰しですもの」

と志津さまはおっしゃいました。

「よしよし。お前さんはここにいてもいいよ。余り実用的とは言えんからな」

鴨志田さまは皮肉たっぷりに申されました。

茶室に入りましてから、鴨志田さまがご亭主となり、わたくしはお約束どおり半東をつとめることになりました。


このお茶席でのお菓子が、京観世というお菓子でございました。

第五章

茶釜のお湯のたぎる音が、静寂《しじょ》を破って幽かに聴えておりました。

わたくしは帛紗を帯から外し、お点前にかかりました。どのようなお言葉があるかしらと思いつつ、帛紗さばきをしておりましたが、その方はなにもおっしゃらずに、わたくしのお点前をじっとご覧になっておられました。

お棗《なつめ》の蓋を取り、お茶杓から抹茶をお茶碗に移しましたとき、その方は初めて
「僕は決して、都忘れをしていたのではありません。おいおいおわかりになると思いますが――」

とおっしゃいました。

花に托しました、わたくしのお恨みの気持をその方は、お気付きになっていらっしゃったのでした。

「毎年忘れずに、庭の片隅に咲いておりましたのよ」

帛紗でお釜の蓋のつまみを握り、少しずらせましてからふたを取り蓋置《ふたおき》に載せ、茶杓でお湯を取りお茶碗に注ぎ、茶筅で混ぜますと、細かい緑の泡が立ちました。障子に映《はえ》る日射の明りに、泡の一つ一つが細かい翡翠《ひすい》の微粒子のように、実に美しく見えました。

「いずれ折を見てお話したいと思いますが、急にフランスに立ってしまって……お許しください」

わたくしは、このお言葉を聞きますと、急に悲しみが胸にこみあげてきて、涙が眼にあふれてきました。わたくしはハンカチーフを懐から取り出す間もなく、袖で涙を押さえてしまいました。

「女なんて、本当に、はしたない者でございます。涙などお見せしまして……」

その方は、こういう場合どうしたものか、おわかりにならず、ただ、おろおろなさっている感じでございました。

「お茶をどうぞ」

と必死に涙をかくして、お勧めいたしました。

その方は作法どおり、お茶碗を自分の前におかれ、

「ちょうだい、いたします」

とご挨拶をされました。

茶碗を掌に載せてから、右に廻わしお茶をお呑みになられました。呑み終えられてから作法どおり、指で吸口をふかれ懐紙でぬぐわれてから、畳に戻しゆっくり

とお茶碗を拝見されました。

「萩ですね。坂高麗左衛門の作ですね」

「はい。父が愛用しておりましたものでございます」

「僕も萩は好きです。茶碗にはいろいろありますけど」

庭の松を渡る風音が、汀《みぎわ》の小波《さざなみ》のように聴えてまいりまいした。


鴨志田さまのお宅でのお茶会は、志津さまと菊岡東さまのお見合だった筈でした。

その後どういう風になったのか、わたくしは知る由もございませんでした。志津さまが闇討ちだとおっしゃっていたお見合は、実はわたくしもまさに闇討ちの見合いをさせられていましたことが、その後直ぐに判りました。

鴨志田さま宅で、わたくしが半東をつとめましてから約一週間後に、鴨志田さまがお夫妻がお揃いで、わたくしの家にお見えになりましたことを母から聞かされました。

当日わたくしは尼門跡さまのところで、聞香《もんこう》のお集りがありまして、留守にしておりました。

お夕食後いつものように、お習字の練習をしておりました時、母の部屋に呼ばれて参りましたところ、わたくしの縁談についての気持をきかれました。

先様は志津さまのお兄様とのことで、やはり鴨志田さまのお宅で、わたくしをよくご覧になっていた男の方が、お相手だったのでした。鴨志田さまには子供がおりませず、先先代から続いている同族銀行の一つである関係から、後継者として自分の甥に業務を托するおつもりで、今は一銀行員として社長学を学ばせているとのことでございました。

「あなたのお気持はどうなの」

母から尋ねられました時、正直なところなんの感慨もございませんでした。それよりも、菊岡東さまと志津子さまの方は、どうなったのかしらという方に関心がございました。

「わたくしはお母さまといつまでも、このままで暮しとうございます」

「あなたのお気持は、とてもうれしゅうございます。——でも、いつまでも独身のままという訳にも参りませんでしょう」

「いゝえ。このままで充分仕合わせでございます。しばらく、このままの状態でいたいのでございます」

母はこのご縁談には、かなり深い関心をお持ちのようでございました。

「鴨志田様のお話では、香葉子さんさえおよろしければ、ご交際をお望みのようで、直ぐにご返事をとは申されてはいませんでしたし、すべてあなたのお気持次第なのよ」

「はい。よく考えてみます」

母はそれ以上、なにもおっしゃいませんでした。わたくしはそのことを嬉しく思いました。それから五日後、鴨志田さまより電話があり、妙心寺の塔頭《たっちゅう》でのお茶会からの帰途、ちょっとお邪魔したいとのご連絡がありました。縁談のご催促だろうと思いました。

鴨志田さまは神楽岡にお住いになられてから、殆んど和服をお召しになられ、お茶三昧の生活をなさいましてから、お茶人らしい風格をお備えになられました。お茶会の後では、お煎茶の方がかえってさっぱりされるだろうと思いまして、お茶室はやめて、お座敷にお招きしました。

「ほう、見事な萩ですな」

築山《つきやま》から泉水に落ち込むように、垂れておりますに萩に眼をとめられ、感嘆するようにおっしゃいました。

「主人がとても大事にしておりました」

「そうでしょうね。ちょっとお眼にかかれない美事なものです。萩の左側のは木《む》槿《げ》ですか」

「はい、左様でございます。紅紫色が美しゅうございます」

「一番左側のはなんでしょうか」

「小菊のそばの」

「ええ」

「ほととぎすでございます。平凡な花でございますが、香葉子が好きで野生のものを植木屋さんに頼んで、植えてもらったものでございます」

わたくしは多分縁談についてのご催促だと思いましたので、煎茶を差上げますと部屋に引取りました。

四十分ほどしてお帰りになられました。

どんなお話をされたのか知る由もございませんし、母も何もおっしゃいませんでした。

お夕食後、わたくしはお部屋に参り、日課にしておりますお習字のお稽古を始めました。

日中の陽射は暖かくはございましても、夜になりますと流石にうすら寒く、秋が深まりつつあるのを覚えました。

「香葉子さん。お邪魔してもいいかしら」

「どうぞ、お母さま」

わたくしはお座布団を二月堂机の横におきました。

襖《ふすま》をあけて部屋におはいりになり、机の習字をご覧になり小声でお読みなられました。

　山の端《は》に雲のよこぎる宵《よい》の間は
　　出《い》でても月ぞなお待たれける

「道因法師さまのお歌だったかしら」

「はい」

「あなたも随分美しく、書くようになりましたね」

「いいえ、まだまだですわ、とてもお母さまのようにはまいりません」

わたくしは硯箱を片付けにかかりました。

「いいのよ続けて。——お月さまの出るのも遅いようね」

「あら、お母様。今夜は陰暦の二十日で寝待の月とも申しますもの、遅《おそ》うございます」

「それじゃ、まだまだ出ないはずだわね」

とおっしゃってから
「殿方はいつもせっかちで、いらっしゃるのね」

とほほえまれながら、おっしゃいました。

わたくしは、鴨志田さまからの縁談のそのごのお打診であることは、すぐに判りました。

「先様は、随分あなたをお望みのようよ」

しかし、菊岡東さまと志津子さまのことが気にかかって、わたくしはどなたのところへも、お嫁に行く気持はございませんでした。

鴨志田さまには、誠に申訳ないことではございましたが、正式に母からお断りしていただきました。

太秦《うずまさ》の叔父さま宅では、その後マリオネットを続けていたようで、その後電話で再三再四お誘いを受けましたが、ひとさまが大勢集るお席に出掛けるのは、憶劫な気持もございまして、ご無沙汰になりました。

けれどもお香は好きでございましたし、門跡さまからこの機会に、お和歌《うた》の教えを受けようと思いましたし、お家流の書について学びたいと思い、お寺にお伺いすることが自然と多くなりました。

このような或日、再び門跡さまのお寺で菊岡東さまにお眼にかかりました。

「けったいなおひとやな、隆文はんは、神戸や奈良には、滅多に行かはらんということやけど、近ごろはこなたへようおいやすな」

門跡さまは冷やかされるように、おっしゃいました。菊岡東さまは珍らしく顔を赤らめられ、弁解されるようにおっしゃいました。

「京都にあらっしゃるただひとりの身内ですから……」

「ま、よろし」

菊岡東さまも、お香に参加され香の点前をなさいました。

「門前の小僧といいますのやろな。おとしめし（お婆さま）にお習いはったのやな」

門跡さまは可笑しそうにお笑いになられました。

「いゝえ、ほんの形だけです」

と謙遜されましたが、お点前は実にお馴れになっていて、決してきのうきょうのお点前ではありませんでした。

お稽古を終えましたあとで、如是尼のおつくりになりましたいしいし（お団子のこと）とお茶をいただきまして、お暇《いとま》することにいたしました。

「隆文はん、お見送りしておあげやす」

「はい」

「わたくしのことならどうぞお構いなく」

と菊岡東さまに申し上げましたら、門跡さまは

「そう言わんと、途中まで見送っておもらいやす」

と申されました。

わたくしの正直な気持は、菊岡東さまとふたりきりで、歩きたいと思っていましたので、門跡さまのおすすめは大変嬉しゅうございました。

お寺を出ましてから堀川通を南へ歩きました。いつもならすぐバスに乗って、四条大宮まで参りますので、京都の町を歩くのは、全く新鮮な気分でございました。

菊岡東さまが、鴨志田さまのお宅におよばれした日、志津さまとのお見合いを意識されていらっしゃったのかしらと、わたくしはまた気になり始めました。

菊岡東さまのようなご性格のお方には、志津さまのような自分の意見をはっきり言われる、活溌な近代的なお嬢さまの方が、お似合いなのかもしれないと思っていました。

「香葉子さんは、とても美しい字をお書きですね」

菊岡東さまの突然のお言葉に、わたくしはびっくりしてしまいました。それ程わたくしはほかのことを考えていたのでした。

「水茎《くき》の跡もうるわしく。それにお和歌《うた》も」

「あら、嫌でございますわ、そんなことおっしゃられまして」

「ご前さまのところにあったのを拝見しました」

「おひとの悪い方でいらっしゃること――」

「――でも、黙って見たのではありません。ご前さまが、隆文も香葉子さんを見習うようにと仰せられたのものですから」

わたくしは気恥かしい気持に、めまいがしそうでございました。

「あのような未熟なものを」

「どういたしまして。妹にも習字を習わせねばなりません」

「お妹さんがいらっしゃいますの」

「えゝ、ひとり。両親と一緒に神戸に住んでおります。字が下手でね。――やはり女のひとは字が綺麗でなくてはね。そういう僕自身字が下手なので、字の綺麗なひとには、頭があがりません」

「あら、そんなこと」

「弁解になりますが、大学のころ急いでノートをとる癖がつきますと、ひどい字を書くようになります。それだけに字の綺麗なひとに憧れを感じるのです」

わたくしは菊岡東さまのお声の響きを心地よく、聞いておりました。

「あそこの下立賣からバスに乗りましょうか。四条大宮まで歩くのは大変ですし、それに着物で長距離歩くのは、相応わしくありませんから」

わたくしはもう少し、菊岡東さまのお伴をしてもいいと思っていましたけれど、おすすめに従うことにいたしました。

「昔、この堀川沿いに、小さい可愛らしい市電が走ってたのですよ。僕もこの電車が好きで乗ったものでした。懐しい良いものが失なわれていくのは、本当に惜しい気がします。町の近代化とか言って、古い良いものが失われていくのは、なんと言っても寂しいことです」

菊岡東さまは、こうおっしゃって不図お顔を曇らせになりました。

この方がマリオネット劇団にニノニノという、茶目気たっぷりな命名をなさったおひととは、信じられない反面のようにわたくしには思えました。

「バスはなかなか来ませんね。悠長なところが京都風なんでしょうが、かえってこころの安らぎになります」

「すこしお歩きなさいませんこと」

「僕は構いませんが、お疲れになりませんか」

「い、え。全然」

「じゃ、丸太町まで下《くだ》りますか」

京都の町にまだ不案内なわたくしには、丸太町がどの通りなのか存じませんでしたが、どこまでもご一緒して歩きたいと思いました。

「着物では歩き難いでしょうから、ゆっくり歩きましょうね」

とおっしゃってくださいましたので、わたくしは、こっくり黙って頷《うなず》きました。

「美学をご専攻と伺っておりましたけれど、どの分野が、ご専門でいらっしゃいますの」

「染色美学なんです。この京都はご承知でいらっしゃると思いますが、友禅染の本場なのです。染色を専攻しております関係で、太秦《うずまさ》の市岡さまとお識合になりました」

「そうですの。叔父はちょっと変ったおひとでしょう」

わたくしは、笑いながら申しあげました。

「藝術家は多かれ少かれ変っております。才能の閃きと言うものは、常人の感覚では推し量れないでしょうし、常人的であれば藝術的感覚とか閃きが、乏しいのではないでしょうか。僕なんか才能の閃きも感覚にも乏しいから、せめて美学で藝術の神髄を学ぼうとしているのです。言はば俗人の部類ですから」

鴨志田さまのお宅での菊見の茶会の折、素晴しい俗人と鴨志田さまがおっしゃっていらしたことを思い出して、なんとなくほのぼのとした灯火《ともしび》がわたくしの胸に灯《とも》るのを覚えました。

「京友禅は、日本が世界に誇れる素晴しい藝術です。手描き友禅といい、型染友禅といい、高度の藝術性が要求されるのです。先ず図案を描き、描いてから蒸《む》し水洗いに至るまで、実に多くの難《むつか》しい工程があって、あの華麗の極みとも言える、美しい友禅ができあがるのです。こんな話専門的で、ちょっと退屈でしょう」

「いいえ、何にも存じませんので、是非おきかせくださいまし」

「じゃ、簡單に話しましょう。手描き友禅の場合、絵羽縫をしてから下絵にかかるのですが、下絵一つを例にとってみても、露草の花汁から採取した青花汁に筆につけて描く、青花付けに始まって、糊置き、伏せ糊、地入れ、地染、色挿《さ》しと、ざっとこんな工程を経ねばなりません」

菊岡東さまは熱心にご説明くださいましたが、わたくしには初めて聞いたことばかりでございまいました。

「もしあなたが、友禅にご興味がおありでしたら、次の機会にその場所に、ご案内いたしましょうか」

「はい、有難うございます。是非お願い致しとうございます」

菊岡東さまにご案内いたゞきまして、友禅文化会館を訪ねましたのは、五日後のことでございました。

友禅が出来あがりますまでには、色々な工程があり、それぞれの工程は分業化され、専門化されていますので、全工程を知るのにはこの会館が、一番良いと菊岡東は申されまして、ご案内くださったのでございます。

一階は京友禅の作品展示、販賣が主なようで、先に階下に参りました。

「ご覧なさい。これが青花付《あおばなづ》けですよ」

絵皿に青い和紙が切って入れてございまして、和紙から滲《にじ》み出た美しい青い汁を筆先に浸しては、下絵を描いておりました。実に滑《なめ》らかに滑るように筆が動きますと、花弁ができあがりました。

「この前お話《はなし》した露草の花汁なのですよ。この花は夏に採取するもので、しかも早朝まだ夜の明けきらぬ時刻に、花が咲ききったところを花びらだけを摘みとって、布に包んで絞り、その汁を和紙に染込《しみこま》せ半乾きの状態で、保存しておくのだそうです。描き始める場合、必要量の和紙を切って絵皿にとり、水を少し垂《たら》すのです」

青花付けをしておられたひとが、つと眼をあげられて私達をご覧になりました。

「なんや、先生ですかいな。えろう詳しく説明したはるんで、仕事しながら一体どなたはんかと思っていたところどしたんや」

「田代さんでしたか。お仕事中お邪魔をおかけします」

田代さんと呼ばれたお方は、強い近視眼鏡をかけた、いかにも年期の入った職人さんに見えました。

「先生、お連れさんどすか」

「先生と言われたら恥かしいですね。まだ卵でひよこにもなっていませんよ」

「なにをおっしゃいます、いずれ大学の先生にならはるおひとや」

「いや、なかなか」

と言われてからわたくしのことを紹介されました。わたくしは黙って頭をさげました。

「大学の医学部の教授のお嬢さんで、友禅にご興味をお持ちなので、案内してきました」

「こちらさんは、よう着物がお似合いのおひとどすな。せいぜい京都の伝統藝術の友禅を可愛がっておくれやす」

　と述べられ、直ぐに再び仕事に就かれました。

　次の場所では糊置きをしておいででした。青花汁で描いた下絵に沿って、円錐形の和紙から絞り出した糊を置く作業でございました。

「染料が外に走らないように、つまり他の模様の部分に、染料が染込まないようにするためのものです」

「随分お骨と根気の要る仕事ですのね」

「そうですね。友禅が高価なのは、細かい藝術的工程をいくつも、通って漸くできあがる仕事だからです。一般に友禅すると言われ、手描き友禅の工程のなかで、最も重要で高度の手業《てぎわ》が必要とされる、色挿《いろさ》しという工程があります。そこに行ってみましょう」

伸子《しんし》を張った生地の部分に、中年の白髪混りの方が、色挿《いろさ》しをされている最中でした。

薄い色の部分は既に染色され、ちょうど濃い色を刷毛で色挿《いろさ》しをすると、そのたびに、生地を火に翳《かざ》して乾かせておられました。

「あれは色挿《いろさ》しをした部分を直ぐ乾燥させて、染料を生地《きじ》に浸透させるためなのです。机の中央の部分が、切り取られているでしょう。あそこに乾燥用の電熱器が置いてあるのです」

菊岡東さまのご説明は、友禅に何の知識もございませんわたくしにも、よく判りましたけれど、何分特別の用語がいろいろございまして、一度にはとても覚えきれませんでした。

けれども友禅と申しますものが、どれだけ大変なものであることは、よく理解できました。

主要な作業を見てまいりましてから、二階に上り展示場を拝見いたしましたが、華やかな美しい友禅染に、わたくしはすっかり眼が奪われました。

出来上り展示されていました友禅は、地下の工程で拝見しました印象とは、また違った美しさでございました。

「お疲れになったでしょう。美しいものを注意深く見ると疲れるものです。コーヒーでもいかがです。おいしいコーヒーがありますので、そこまで参りましょう」

わたくし達は友禅会館を出ましてから四条河原町に出て、そのコーヒー店に入りました。

その店は、これがコーヒー店かしらと思われるほど、純日本風の入口でございまして、やはり京都らしい感じを受けました。けれども、喫茶室は実に瀟洒《しょうしゃ》な雰囲気で、入口とは全く感じの異った洋風でございました。

喫茶室を出ましてから四条通の人混みのなかをゆっくりと、四条大宮の方へ歩き嵐電の駅で、菊岡東さまとお別れしました。

家に帰りましたわたくしは、母に友禅染めの出来上るまでを菊岡東さまからお教えいただきましたとおり、ご説明申しあげました。

わたくしは、浮き浮きとはしゃいでいたようでございました。

母はわたくしの説明をお聞きになり、

「そうですか。それはようございましたこと」

とおっしゃって、にこにこお笑いになり、

「やはり、そうでしたのね」

と申されました。

「なにがでございますの」

「いえね。鴨志田さまからのお話に気乗りなさらない理由が、よくわかりました。あなたは菊岡東さまをお慕いしていらっしゃるのね」

わたくしは急に胸がどきどきして、顔が赤らんでくるのがわかりました。とても母の顔を見ておれずに、思わず俯《うつむ》いてしまいました。

「お母さま。そんなこと急におっしゃられては、恥かしゅうございますわ」

「いいのよ、お慕いして。ご立派な方とはきいていましたので」

母に図星をさされまして、確かにわたくしは菊岡東さまをお慕いしているのだと思いました。最初お眼にかかった日からか、その後偶然にお逢いする機会が増すにつれ、わたくしにはこれとはっきりした自覚はなかったのですけれど、いつの間にか菊岡東さまは、わたくしのこころの内に、住むようになっていたのでございます。

紅葉には少し遅かったようですが、高雄へいかがですかと、菊岡東さまからお誘いを受けましたのは、友禪文化会館にご一緒しましてから二週間ほどしてからでございました。

土曜、日曜は人が多すぎるので、静かな週日を選んだのだとおっしゃいました。紅葉の名所神護寺へ行き、時間があればそのあと、栂尾《とがのお》の高山寺の鳥羽僧正が描いたといわれる、鳥獣戯画を見に行きましょうと言われました。

午後一時に嵐山駅で、待ち合わせをすることに致しました。

京都駅前から高雄行のバスに乗るのが、便利な由でございますが、京都にまだ不案内なわたくしのことをお考えになられ、また菊岡東さまがお住いの長岡天神からは、簡單に嵐山にお出になれるとかで、結局わたくし達に便利な嵐山駅を待合せの場所といたしました。

ここから帷子《かたびら》の辻で北野線に乗替えまして、御室《おむろ》で降り高雄行のバスに乗りました。

週日のせいか乗客は少なく、高雄に着くまでに粗方《あらかた》、乗客が降りましたので、高雄に着きましたのはわたくし達二人だけでございました。

バスの停留所を降り、茶屋の横の道を下り渓谷《けいこく》の短い朱塗りの小橋を渡りますと、なだらかな登り道が上に続いていました。

「高雄と言えば、神護寺の紅葉と言いますから、神護寺まで行ってみましょう。この寺は、神護国祚眞言寺《じんごこくそしんごんじ》という長い名の寺ですが、略して神護寺と言っています」

最初のうちになだらかな石段も、そのうちにかなり急になってきました。

最初のうちは、わたくしも同じ歩調で登ってまいりましたが、登りの階段は少しずつ急になり、行けども行けども続いておりました。

そのうちに、わたくしは息切れがしてまいりました。こんなことなら洋服で、来ればよかったと悔まれました。

「それから、かなり登りが続きますが、大丈夫ですか」

「少しずつでしたら大丈夫と思いますわ」

汗ばみました額に、山の空気はひんやりとして、いい心持でございました。

樹々の葉擦れの音以外には、わたくし達の足音だけが、周《あた》りの静けさを破ってりました。風もないのに、紅葉が思い出したように、あちらこちらで散っておりました。

神護寺の仁王門が上に見えてまいりましてからも、石段が急なため登りました割には、なかなか門まで辿りつけませんでした。

「苦しいでしょう。おつかまりなさい」

菊岡東さまは、右手を指出されました。わたくしはその手につかまることに、面映ゆい気持でためらっていましたが、おずおずそのお手にすがりつきました。

男の方に力強く、手を握りしめられましたのは、初めての経験でございましただけに、躰じゅうが熱くなるような戦《おのの》きを感じました。未知のなにか恐ろしいものに、引張られるような怖れがございました。けれどもその反面、菊岡東さまに力強く手を握りしめられていますことに、震えるような悦びを感じていました。

喘ぎながらも仁王門に辿りつきましたとき、わたくしはあわてて手を離しました。

「よく辛抱なさいましたね、男の足でも大変な登りですから、ちょっと無理でした」

わたくしは黙っておりましたが、急に顔が上気してくるのがわかりました。

神護寺はもと和気清麻呂によって開かれ、後に河内の神願寺が合併し、大同四年弘法大師が来住し、壽永元年文覚上人《しょうにん》が再興したお寺であると、ものの本に書いてありますが、それ以上詳しいことは僕にはよくわかりませんと説明されました。

わたくしはそんなことより、さきほどまで菊岡東さまに強く握りしめられ、まだ残っている軽い痺《しびれ》のような感触に、ひとり顔を赤らめておりました。

わたくしが急に黙りっこくなりましたことに、菊岡東さまはお気付きになり
「どうかなさいましたか。お疲れになったのでしょう」

「い、え、別に」

わたくし達は、広い境内を通りまして石段を登り金堂と多宝塔を拝見しました。そこから奥の地蔵院への道を辿りました。

ひっそりした道を歩きながら、わたくしは菊岡東さまと志津さまとのお話はその後どうなっているのか、気になっておりました。

地蔵院からは北山杉におおわれた渓谷が見下ろされ、実に見事な景色でござい

ました。

「やはり京都は、よろしゅうございますわね、東京ではとても見られない景色で――」

「いいでしょう。関西で育った人間には、柔《やわら》かい穏《おだ》やかな雰囲気に馴染むと、東京などに住みたいとは思いません」

「――でも、お仕事の関係で、京都とか奈良ばかりに、お住いになる訳にもまいりませんでしょう」

「そうですね。――だから、僕は学校の先生にでもなって、京都にずっと住みたいと思っています。東京に長くお住いだった香葉子さんには、静かすぎてもの足りないでしょうね」

(わたくしが、今まで長く東京住いであったことなど、どうしてご存知なのかしら。ひょっとしたら太秦《うずまさ》の叔父からおききになったのかしら)

「いいえ。わたくしは東京よりは、京都の方がずっと好きでございますわ」

「ちょっと寒くなってきましたね。ぼつぼつ降りましょうか」

わたくしは、この静かな雰囲気のなかで菊岡東さまと二人きりで、いつまでも時間を過しとうございました。寒いとも思いませんでした。

「変り易い秋の空と言いますし、空模様もちょっと怪しくなってきたようですから」

お寺の仁王門を出ましてから、ゆっくり坂を降り始めましたが、昇りと異なり、降りはなだらかなようで、かえって歩きにくく感じました。

「躓《つまず》くといけませんから」

と菊岡東さまは、わたくしの肩を右腕で支えてくださいました。男の方の強い力に支えられて段を下って行きました。

神護寺がこのように、高い場所にあるのでしたら、やはり、洋服にすればよかったと思いましたが、つい平地にあるお寺と思っていたことは迂闊でございました。

渓谷の短い高尾橋まで辿りつきましたころ、今にも降って来そうな雲行きになってまいりました。

「とにかく高山寺までまいりましょう」

地理に疎いわたくしは、高山寺がどの辺りにあるのかよくわかりませんので、黙って菊岡東さまに従うしかありませんでした。

第五章

道を急ぐうちに、小雨がぱらつき始めました。

「折角の和服が濡れては」

菊岡東さまは、背広の上着をお脱ぎになり、わたくしの肩に掛けてくださいました。

ふわりとした感触とほのかな男の方の体臭に、躰が震え目眩《めまい》しそうな胸苦しさを覚えました。

「秋雨ですから、すぐに止むでしょうが、どこかで雨宿りしましょうね」

わたくしは黙って頷くしかありませんでした。

雨足が一頻りひどくなってまいりましたので、急いで料亭みたいなところに駆け込みました。

玄関に出てきた女将らしい中年の女性が、

「相憎の雨で、さぞお困りでっしゃろ、どうぞ、おあがりやす」

わたくし達を若い恋人同志とみたためか、気をきかして奥まった部屋に案内してくださいました。

窓を開けますと目の下に竹薮があって、その下に川が流れているらしく、水音がきこえてきました。

　さきほどの女将らしい中年の女性が、お煎茶とこの辺では珍しい麩《ふ》饅頭をもってきてくださいました。

　昔祇園で名妓の一人だったのに違いない、垢抜けした美しい顔立ちの方でした。

「雨が止むまで、休ませてください」

「どうぞ、どうぞ、ゆっくりしておくれやす」

「下を流れているのは清滝川ですか」

「そうどす。あんさん達高山寺はんへお詣りしはったんどすか」

「い、え、神護寺の紅葉見物にきて、高山寺へ行こうと思っているところ、急に雨が降り出して。この方は着物ですし」

「え、べべ、濡らしはったら、えらいことどすさかいにな」

　その女の方が出て行かれて、二人きりになりますと、わたくしは息苦しくなり軽いおののきを感じました。それは秋の寒さによるものではありませんでした。

　菊岡東さまは窓越しに、じっと雨足を眺めていらっしゃいましたが、突然呟くように

「こうして二人きりでいると怖いですか」

とおっしゃいました。

わたくしは黙ったまま、俯向いておりました。

「震えていらっしゃいますね。寒いのですか、火をもらいましょうか」

「い、え寒くはございません」

わたくしは、菊岡東さまの背広の上着をそのまま、肩にかけているのに気がついて、

「ごめんなさい。部屋まで上着を着たままで」

わたくしは急いで、脱いでお渡ししようとしました。

菊岡東さまは上着を受取るその手で、力強くわたくしを引き寄せられました。

わたくしは、そのまま菊岡東さまの胸に抱かれる格好になりました。

わたくしの喉は、干からびてからからになりました。

菊岡東さまの唇が、わたくしの唇に近づいてくるのがわかりました。

「いけませんわ」

とわたくしは口では言っているつもりなのですが、声にはなりませんでした。

菊岡東さまなら、これからどういうことになっても、断ることなくすべてを受入れるだろうと頭の隅で思っておりました。

未知なことに対する怖れと、早くその未知が現実のものとなればよいという、期待とがございました。

わたくしの胸は早鐘のように、激しく鳴り始めたと思う間もなく、唇に菊岡東さまの唇が重なり、舌でわたくしの口を押しあけ、しのび込んできた舌がわたくしの舌を巻き込んで、息もできないぐらい苦しくなりました。

わたくしはなされるままに、じっとしておりました。

甘く柔らかな菊岡東さまの舌の感触が、わたくしを酔わせ、必死になって抱かれたまま、しがみついておりました。

わたくしは抱かれていた躰が、畳の上にそのまま横たえられたのを感じておりました。

着物の裾が割られ菊岡東さまのお手が、下腹部にしのび込んでまいりますと、わたくしは跳びあがるほど吃驚しました。しかし優しくすべり込んできた指先が、ある場所に触れますと目眩《めくるめ》くような快感が、電光のように躰じゅうに響いて頭の芯まで酔わせました。

わたくしは菊岡東さまのなすがままに躰を任かせ、されるままになっていました。

頭は混乱してしまって、なにがなんだかわかりませんでした。

愛撫の後で重々しいものが、わたしの躰のなかに入ってきました時は、疼痛のような電気のようなものが、躰じゅうを走りましたが、わたくしはこの時初めて、菊岡東さまとわたくしとは、一体となった満足感で一杯でございました。わたくしが、こういうことになりましたことについては、なんの悔いもございませんでした。

第六章

「もう一服、いかがでございますか」
「はい、四年振りの日本の味ですから、喜んで」
その方は、いつも涼しげな表情でいらっしゃる。天地がひっくりかえる自然災害が起きたとしても、恐らくこの表情を崩さずにいらっしゃるのに違いないと思いました。

女性からみますと、感情を露わに出さない冷性さと、ものに動じないお態度は、頼りになるのでございますが、やはり感情におぼれ、前後を忘れて乱れる激しさも欲しいものでございます。こんなことを望みますことは、おねだり過ぎというものでございましょうか。

その方は、外国においでになることすら、一切お話しにならず、ご出発の前日いきなりフランスへ行くことになりましたと、まるでどこか国内旅行にでも、おでかけになるようなおっしゃり方で、渡り鳥のように旅立って行かれました。

どういうご事情がおありでしたのか、わたくしにはわかりませんでしたが、フランスに着いたという簡単なお便りがあったきりで、あとは梨の礫《つぶて》、渡り鳥なら一年に一度は必ず同じ場所に戻ってまいりますのに――。

まして高雄で雨宿りした、あの場所での出来ごとをよもや、お忘れになった筈もございますまい。

わたくしは、その方の愛をお受けして、それも生れて初めてのお近付き、それもただ一度だけのお近付きで、躰に変調が起りその方のお子を身ごもり、翌年男の子を授かりました。たゞ一度だけのお近付きをいただきましただけで、身ごもることは誠に珍らしいことのようでございますが、わたくしはその方の愛の証《あかし》を体内に宿しましたことに、このうえもなく幸《しあわ》せを感じました。よほどあの日が、その方のすべてを受入れるように、よく準備された状態だったとしか言いようもない出来ごとでした。ともあれ、わたくしのことをお認めになり、愛をくださったその方の分身を、おなかに宿した幸福感に、女としての歓びを深く感じました。

躰に変調を覚えてましてから、わたくしは母に黙っている訳にもまいりませず、高雄で菊岡東さまにお近付きを受けましたことを申しあげました。

わたくしとしましては、このようなことを母に申しあげることには、やはり躊《ため》躇《らい》と恥かしさがございましたが、身重になっていくことは、隠しおおせるものではございません。

わたくしは母に、菊岡東さまとの間にあったすべてを申しあげました。

母は別にびっくりしたご様子もなく、わたくしが菊岡東さまのことについて話す話しぶりから、とっくの昔にお慕いしていることを知っていらっしゃったのでした。

母はわたくしが、菊岡東さまのお子をお腹《なか》に宿しましたことを、殊のほかに喜ばれているようでした。

日が経つにつれ、おなかが目立つようになりましてからは外出を差控え、家にこもる日が多くなりました。

わたくしは未婚ですし、鴨志田さまにこのことが知れたら、どうしようかと思い悩みました。

生れてくる子供の親が、誰であるかはわたくしにはわかっていましても、世間的には正式に縁組した訳でもなく、挙式したのでもありませんので、よからぬ噂が世間に流れることになるだろうと、こころを痛めておりました。この点、母は世間的な噂などということは、一切おっしゃらず、平安朝時代の昔にはこのようなことは、いくらでもあったのだし、生れてくる子供の父が、はっきりとわかっているだけで、十分ではありませんかとおっしゃいました。

生まれてくるお子が、父方の姓を名乗るのか、母方の姓にするのかは、わたくし達にとって、心配するような問題ではないではありませんかと、母はわたくしにおっしゃいました。今はひたすらに、おなかのお子が順調に育ち、元気で生まれてくることを願っていますと、母はわたくしを労ってくださいました。

おなかの子供は順調に育ち、菊岡東さまがフランスへお発ちになりました翌年七月に、無事男の子を出産しました。誠に勝手ではございましたが、菊岡東さまのお名「隆文」の一字と、わたくしの父の「長正」の一字をいたゞき隆正と命名いたしました。

お茶筅でお抹茶をたてながら、菊岡東さまとわたくしの間に、子供が生れましたことを知らせた方がよいのか、それともまたお逢いする機会に知らせるのがよいのか、迷っておりました。

日本にお帰りになり、わたくしのところをお訪ねくださり、これを機会に再びお付合いが始まることになれば、自然わかってくるでしょうし、四年ぶりにお逢いした日に、このようなお話はいきなりしない方が、むしろ良いように思いました。

「フランスはいかがでございました」

とわたくしは伺ってみました。

「あちらに滞在中は、ずっとソルボンヌ大学で美術史を勉強しておりましたし、ルーヴルを始め随分美術館めぐりをして大変に勉強になりました。

――四年もいたおかげで、漸く柵《しがらみ》からも抜けることができました」

点てたお茶をお出ししますと、菊岡東さまは茶碗を受取り、作法どおりお茶をお喫みになられ、吸口を拭《ぬぐ》い懐紙で指を拭かれてから、

「鴨志田邸でのお茶会は、どうも僕のお見合だったらしく、あのお嬢さんはじっとフランスから帰ってくるのを待っていたらしいのです。僕がなかなか帰ってこないので、漸く諦めてくれ、結婚されたと聞きました」

「まあ、お可哀そうに。折角お待ちになっていらっしゃったのに」

わたくしはちょっと意地悪だと思いましたが、なんとなく恨みごとを口にしたかったのでした。女と申します者は、本当にわれながら奇妙な心理が、意地悪く

働くものだと思いました。しかし、わたくしの気持はあのお嬢さまとのお話が、流れてしまったことをうれしく思いました。

「あの場合、わが家の古いしきたりから考えて、ほとぼりのさめるまで外国に逃げるしかなかったのです。――それに、僕には別のしがらみがありましたから」

「別のしがらみとはなんでございますの」

わたくしはまた、意地悪を言ってみたくなりました。

「別のしがらみとは、なんでございますの」

と繰返しお聞きしました。菊岡東さまは、ちょっと困ったような表情をされましたが、反射的に

「そんなことを僕に言わせたいのですか」

「はい、言っていただきとうございます」

わたくしは悔《くや》し涙が頬を伝ってきました。

「困ったおひとだ、あなたというひとは。いらっしゃいこちらへ。憎まれ口をふさいであげるから」

わたくしは、菊岡東さまにすばやく抱きしめられました。

唇《くちびる》がわたくしの唇を塞いでしまいました。
わたくしは、もうこの方を絶対に離さないと、必死にしがみついておりました。
茶釜のお湯のたぎる音が、かすかにきこえておりました。

嵯峨日記

2000年 8月1日　初版第1刷発行

著　　者　勝南井《しょうなみ》　隆《たかし》
発 行 者　瓜 谷 綱 延
発 行 所　株式会社文芸社
〒112-0004　東京都文京区後楽2-23-12
電話　03-3814-1177（代表）
03-3814-2455（営業）
振替　00190-8-728265

印 刷 所　株式会社平河工業社

ISBN4-8355-0572-7 C0093